歌集

青眼白眼

坂井修一

Shuichi Sakai

砂子屋書房

*目次

毛沢東 11
薔薇 22
かまきり 28
吊革 32
ひとりの日曜日 36
ジムにて 40
納豆 44
竹の子 47
凌霄花 51
はなかまきり 54
小諸の合宿所 57

しじみ蝶 61
アトム 64
にがわらひ 68
南波照間 78
鳴子 94
虻 98
てふてふ 102
四十億年 105
骨 115
影法師 121
夢 125

峰不二子 130
小高賢さん 134
古酒 138
オバマ二世 154
楚歌 158
カレー 163
サンドウィッチ 167
朝夕 171
蛸 175
流刑 179
ゾラ 189

大根おろし 192
石 196
日曜 200
追分 205
雲形定規 211
そのひと 219
あとがき 237

装本・倉本　修

歌集　青眼白眼

毛沢東

ひさしぶりの七三七
あまのはら昇りつめむとボーイングしきり呻
くに涙いでくも

わらわらと耳骨がわらわらふ鼻つまる　この旧型は揺れやまぬなり

なんでこんなかはいいのだろ憎いのだろ「世界のジャズ」の上原ひろみ

入っているのは音楽だけではない

山形産斎藤茂吉はぷつぷつと語尾を切りつつスマホのなかに

北京空港「教授歓迎」フリップをとほりすぎてはふためき戻る

微苦笑は便利だがちよつといいかげん微苦笑
止めておじぎす北京

プリントを配り声張るこのたびは礼もとりあ
へず北京大学

打てば鳴るかくひたぶるに響くものか　講義のあとの質問つづく

未明湖ゆ風が吹くなり　さうここは清朝の庭、溥儀のゆりかご

ゆふぐれのしたにあやしき音たてて学生寮の
洗濯機まはる

胡同《フートン》の屋根のかなたのたそかれは早よ早よと
鳴くカラスひとむら

胡同の崩れた寺よゆきもどるわれなど知らず
落ちつづく雪

この柳宋慶齢も愛せしやふるへる枝よさびし
いか今は

この枝も柳絮をとばす春は来む「国より人」
の春はあらずや

ひとつかみアメリカンチェリー左手に、右手
一〇元毛沢東《マオ・ツートン》

北海の石橋渡る黄さんと朴さんとわれ今宵わかれむ

日中韓つどひてたてる青き火よ　これモンゴルの羊しやぶしやぶ

老酒《ラオチュー》はことばの壁をやぶるのか　否、否、否、否、やばいぞ夕日

電脳街メモリーを売るをとめあり買ひきて差せばメモリー動かず

ニーハオとツァイチェンをけふはくりかへし
くるくるくるくる夜中も唱ふ

薔薇

食卓の薔薇《さうび》をよけてパンを置きアボカドを切りものいはずをり

アボカドをゆつくりひらくナイフありちから
なき指はこれにしたがふ

外は雨われはひとりの夕がれひナプキンが膝
の断崖にゐる

ローズヒップの酸ゆきかをりがたちのぼる「ドラキュラの葡萄」と呼べば悲しき

え言はねどくれなゐは血にかはりゆく。薔薇のけむりのなかに咲く薔薇

iPhoneがふるふすなはちわれを呼ぶ（人にはあらず夢ですらない）

ちろちろとベーコン焼けてちぢまるをサド侯爵のごとくみしかな

夜もふけぬ。キース・ジャレットの呻吟はブ
ルーチーズの青のきらめき

さけび声ばかりとならば国ほろぶたとへば文
久二年生麦

木下杢太郎日記

昭和二〇年三月七日「武士道的の終末」は「粗大な考察力」より

かまきり

かまきりはのぼりきたりてしばらくはかがやけるのみ窓の格子に

沈黙のかぎり産まむとかまきりの反りてきはまる羨しくもあるか

あわだちて命とならむ悲しみをこの蟷螂は生みてゐるなり

かまきりよ春秋知るは一度だけ五十五度目の
われが見てゐる

かまきりの泡の卵の乾くときくらくかがやく
われのまなこは

妄想をいくど重ねて人生はまつたひらなり白雲の底

平凡をいくど重ねて白雲よ妄想だけが人生なりき

吊革

歩かない吊革とあそばない私会ひてわかるる
冬の電車に

デカンショの昔こころにしのばせてわれは耐へきぬ七つの会議

吊革にすがり眠ればわれといふ悲しいけもの目覚めゆくらむ

地下鉄に立つて見る夢眉たてて与謝野晶子が
わたしを叱る

にんげんにかへれば恋へり言葉より肉欲より
もふかき眠りを

乗り過ごしホームに待てば逆向きは人まばらなり嬉しくなりぬ

午前二時わがねむるときかたかたと笑ひてをらむ車庫の吊革

ひとりの日曜日

腰まげて手をさしのべてアチチするユニット
バスの蛇口の下に

子はすだち妻は旅なりこの鏡肘でぬぐへば見知らぬ河童

こはごはとドアをあければ子の部屋の液晶画面に指紋がひかる

端擦れしビデオテープの中に来て三歳の子が
われに雪投ぐ

雪よけるわれ映らねどやはらかき猿《ましら》なりしか
三十五歳

雪すべり無限時間を子はあそぶはるばると来し雁《かり》のごとくに

水槽にひたひたひをつけて子がとなふ「うちのたにしが結婚してゐます」

ジムにて

うつむきて尾錠解くたび崩れゆくわたしのベルト三番の穴

「脱衣所の壁を壊すな」張り紙を破りて壁は
壊されてあり

床を擦るドアの寒さにつんつんと塩素がかを
るプール入口

バイト君ぽかり口あけ遅すぎるわがクロール
をながめてゐるぞ

十人に抜かれ一人も抜かざりきいつからかこ
んな良いカメである

プールでは誰も追はぬと決めてをり外ではウ
サイン・ボルトのわたし

納豆

すべすべのテーブルのおもてわがおもて笑ひ
あふなりひやひやと春

新聞の中央めがけ納豆が落ちるあしたはゆっくり落ちる

なにかせむ、なにかかにならむ　学生のひたぶる臭ふ納豆ごはん

むく犬がむんむん匂ふ昼が来ていらいらとわたし花粉症なり

竹の子

このゆふべ竹の子のほそき穂先食むおろおろ
と物を思ふわたしが

出羽ふかき月山筍《ダケ》のやるせなさ沼空は舌に覚ゆといへり

沼空を書くといひしが竹の子よ苦くて甘い日常がある

竹の子よかの阮籍のいまあらば青眼白眼我は
いづれぞ

終列車ああもう一冊書かなくちゃ死ねない私
だけど死んでる

いまわれの見し邯鄲はむごきかな笛鳴れど戻る場所などあらぬ

凌霄花

陽にしげり陰にさすらふこの命つんつんくるくる凌霄花

につぽんのゆふぐれに父は畑を打つわれより
子より猛き音させ

くらやみにわが名を呼べる父の声につぽんの
田畑打てよと言へり

凌霄の赤い花咲く闇の国　父よあなたはもう
ゐないのだ

凌霄はもうどうしてもあだ花といへどほどけ
ぬ蔓ばかりなり

はなかまきり

いつせいにはなかまきりが花になる量販店の
壁面あはれ

おのづから身をカトレヤとおもふらむうらや
ましくもわれは恥づかし

花蟷螂ほのぼのとわが見てをればざくつとつ
かむぎんいろの虻

自動ドア開いて閉ぢて真夏なりはなかまきり
につながる空気

小諸の合宿所

雨ふかく芝生に沈むまつぴるま声ひくくわれ
は学生叱る

白樺の木目模様の壇に立ちなにも言はざりこの秀才は
喉かゆくなりゆくわれや学生がとほき目をして黙するまへに

なぜここにゐるのか今もわからない大学院生
は研究をせず

〈本心〉はとほき矮星のうすびかり雨がガラ
スを打つ見ゆ聞こゆ

合宿所連れられてきて連れられて終へむとい
ふか人生もまた

はばたきの自信なげなる風うけて顔に皺寄る
このみづたまり

しじみ蝶

しじみ蝶ゆふなぎの野をわたりきて薊の花と
わたしとあそぶ

しじみ蝶経済世界に縁なきはしんしんとよき
凪に逢ふかも

生まれてはくづるる波を模様とすこの蝶はこ
とば持たぬうたびと

いのちの旅四十億年優劣をつけて驕れりことばもつもの

しじみ蝶この木の陰に舞ひゐしかわれに転生するゆふぐれも

アトム

遮光メガネかけてながめるYouTube鉄腕アトム
北京語字幕

寝癖の髪「鉄腕アトム」と笑はれき喧嘩に負
けてばかりのアトム

アトムもしあらば福島すくひけむ原子力モー
ターしづかに回し

ありあけの原子の火もてアトムとぶ青空よつ
ひにあふぐなからむ

こころあるわかき友らはつくるといふ原子力
なき鉄腕アトム

われの死後にんげん世界みおろさむ百億体の
アトムあるべし

にがわらひ

サングラスななめにあげて眺むればスカイツリーに降るアマテラス

どこまでもカーブしてゆく首都高を見あげて
渡る八月の橋

ああけふもはみだしてとめどなきこころ駒形
橋に舞ふあはうどり

隅田川臭くて窓をあけられず小学生なりあの
ころわれは

預言書のことばならねど尖塔のたつとき世界
ゆらぎはじめる

中国が日本蔑すと聞くゆふべ　二千年前聞い
た気がする

にがわらひつづけて頬がくたびれて　ひとり
になつて私をわらふ

猜疑心人間不信こごりきて九官鳥もことばが
出ない

なにが目覚めなにがこはれてゆくのだらうア
ノニマス髭のゑがほがならぶ

アノニマスになつてゐたかも　このわたしも
し二十歳若かつたなら

あかつきのつゆのことばに濡れながらウッド
デッキのうたびとわれは

若者は睫毛けぶりてわれを見るエレベーター
の階押しながら

同僚のKの怒りをよみかねてビネガーをふる
ピンクサーモン

棚の奥の椀のなかなるなつかしき茶渋のごとく友とほざけぬ

つれあひのゆくすゑを見ず死にゆきぬ　われは涙すスペンサー・トレーシー

「早く出せ」われもおもへどいひかねて完全
主義が本書く見守《まも》る

職ひとつ妻子ひとりづつ　シンプルに春夏す
ぎてはやも木枯らし

待たるるにあらずおもむくここちして石に赤
字のわが名見てをり

南波照間

南波照間は非在の島である。昔、重い年貢の取り立てに苦しんだ八重山の人々が、ここに渡ろうとした。

八重山の海のむかうにかがやける南波照間わが恋ひやまず

ひかり死ね　八重山びとが人頭税いとひ逃げ
ゆく南波照間

舟のうへ白雨《ゆふだち》のつぶおとづれてひらたくなり
ぬ肩に顱頂に

ほほゑみて大波小波こぎゆかむ用なき身とは
むかし貴人《あてびと》

ニライカナイそれは命のマージナル　歌一万
首うたひゆかばや

根つこから世界を見むと海をゆく大正十二年
夏のあなたも

おだやかにほろび果てむとさすらへどグロー
バルてふひといろの傘

聖徳太子すずやかに笏たてて笑む札《さつ》ありき
大和は幾重にも寄す

につぽんは中級国ぢやだめなのか　「どうでも
いいよ」　ヒグラシが鳴く

ヒトよりもクニといふひと彼もヒト　どうし
てヒトと話ができぬ

西表島

仲間川さかのぼれども海香るこの海の名は東
支那海

神経がつながらないけふのわたくしが舵のない
この筏にあそぶ

ホラぼくがきみの墓だといひながら八重山蛭
木脚のばしくる

くわわつとハイビスカスの花は咲き溶けてな
くなるわたしも蝶も

風折れの黍の葉先の照りかげり　変はりゆく
世に枯れゆくわれら

世はなべてひとの搾め木か脳髄も搾められて
くろき砂糖とならむ

そは死よりにがき水なり汲んで呑むわが手と
口のたのしいそぶり

こともなく世はうつろへど烈日よ若き友らを
虐ぐるなよ

なぎさゆく牛車のきしみ　教育を車輪といひ
しヘルマン・ヘッセ

「先生は金を育てるものぢやない」先生はいふ寒い目をして

「学は財のもとなり」いまも声にいふ母たちよ　夏の水打ちながら

沖縄大蟷螂

この目つきあの夏の日のおかあさん　だまつて見てるわたくしの目を

鎌をもて蝶を待つのはおかあさん　ガジュマルの中あそぶはわたし

複眼がないろに光るおかあさん　物見るときは物食らふとき

ゆふぐれに鎌もて黒きありんこを追ふおかあさん　ながめるわたし

ちりちりとスマホがアラームならすとき空振りをするおかあさんの鎌

おかあさんのいやさか祈るわたしです　だからお願ひ物言ふなかれ

トントンミーはトビハゼの南西諸島での呼び名

もういいよおまへはここにゐてもいい　トン
トンミーの跳ねやまぬ浜

砂浜にねずみ花火は輪をかけりくるくるくるくる
くるなんにもないぞ

見えざりしふるさとここは　湧きいでて八重
山螢ひかりを散らす
螢まひ空気がにほひわたくしもにほふ　おか
あさんとちがふにほひに

鳴子

うなぎ湯にゆふべのわれはほとびきて眠りて
ゆかむからだとこころ

われを攫ふ学などはなし歌もなしとことんと
んとん温泉の泡

湯気たちてわが退《ひ》くこころ沸くごとしとほく
鳴くなり鳴子の鳶は

鳶よ鳶よわれのからだは吹き散りてばらばら
落ちむ栗駒の森

誰彼の顔うかぶこともはや無しほのぼのとわ
れにさびしさが来る

ひとの世に引き波あるはをかしきかあはれか
鵬よ万里の鵬よ

虚名ひとつ未練ありとはおもはねど戻れはし
ない春のわれには

虻

虻が恋ふ書斎のあかり黄のひかり見あぐると
きに息吸ふわれは

天井に影を落として虻の羽透き照れりみゆ世界は薄い

明日はもう続かないかもしれないね虻にささやくわがうたことば

この虹は知らず飛ぶらむ　ふかおひのさきに
待つなるモウセンゴケを

おそらくは一人芝居とわらふらむくちびるう
すき女友達

車輪止まり終電のひくき音も消ゆつくばみらい市小絹の町に

てふてふ

秋暑し芋虫と羽くつついてたそがれの国のて
ふてふとなる

わが歩むつなぎめ黒き石畳そのつなぎめが靴をとらふる

暗闇とならむひとときコスモスのむらさきの花立ちゆるるなり

つゆ落ちてズボン見おろす友とわれそば屋「豊昌」五十五の冬

四十億年

われおもふけふのゆふげの茶碗蒸し　みどり
ぎんなん、きいろぎんなんなん

ぎんなんが落ちて本郷七丁目　補修中なり講
堂も吾《あ》も

マイルスがコルトレーンと別れしはこんな夕
べか銀杏が痛い

お行儀のよしあしでひとを測るなよ（なんど
いつても世間ぢやさうさ）

だまされてさまよふキング・リアのごとステ
ッパー踏む部局長室

YouTubeに月かがやけり　サックスがぷははと
笑ひなみだするわれ

決めかねて弱る心よ　タクシーを呼んで帰る
かホテル泊りか

教育は国際競争さうさだけどさびしすぎるぞ
パンの競争

かりがねよ暮れゆく上野不忍よ眠るなよここ
は煉獄の縁《ふち》

師走なりピンクのスマホ・黒スマホ　会ひて
別るる言葉はあらず

この土日グーグル・カレンダー見ぬと決めゆ
らゆら揺れてをり冬森に

技術の進歩遅らせよと女声《じょせい》あり（日本なくしてよいならやるが）

七十を過ぎしキャサリン・ヘプバーン抜き手に泳ぐ映画『黄昏』

アビは水鳥。私の住む茨城県でも、米国ニューイングランド地方でも観察される

「キャサリンの背から踵へながれゆくさざ波を見よ」アビが高鳴く

黄金のみづうみの岸の別荘は吹雪のさなかならむいまごろ

月曜は、かならずめぐりくる

歌を詠むビョーキの熊がをりまして棒立ちをして講義してます

礼をしてあしたの講義終はりたりこれから米《べい》へ三泊五日

787は、省エネ機。そこに文句はないのだが

省エネの機材良けれといふべきにジャンボの
顔がまだなつかしい

着陸の利那におもふ　生きものがはじめて死
んで四十億年

骨

くろき水しづもりがたき利根の底踊りやまずも鯰の骨は

大利根の真冬の底にふらふらと楽しかるらん
鮗の骨は

鉄橋の脚にあたりて頭蓋骨こんといふなり尾
骨がつづく

哀楽をつつみし昔そを捨てててただよふこの日
この頭蓋骨

恐れられ憎まれ太るそのこころ誰も知るなし
骨はくだける

沙羅双樹花咲きかざる死もありきその花うつすスマホ壁紙

天《あめ》なるやにんげんを虚となす祈り　ぽつんぽつんとグライダー浮く

世はなべて徒労とおもふ白頭も掻けばしばらく騒いでゐるよ

若き日に吐いて隠して触るるなき妄語のごときわが尾骶骨

ああいつか焼場の箸につままれてこそと出て
くるわが尾骶骨

影法師

影法師くねりて揺れて街灯の下にわたしはた
ふれてゆきぬ

影法師はやあそぶなき午前二時「もう働くな」
こゑがいふなり

「もういいかい」問へど答へは闇の風　さら
さら吹いてわたしは凍る

今ですか？　わたしの息の尽きるのは　野薊
枯るる道に臥すなり
野薊のいつぽんが夜に枯れ立つは澄むごとく
みゆそれより知らず

木枯らしよ何かまふなく吹くがよいアザミに
なつて散つてしまはう

私もう人間ぢやない枯れアザミ　子の名を呼
べど口が開かぬ

夢

「寝癖まだのこつてゐるよ」妻がいふ　岩飛びペンギンわたしが跳ねる

ズームするグーグルマップ　いにしへのすべての風の故郷楼蘭

西域に死ぬほどの夢ありし日の夜光杯ほほとわが手にあそぶ

死んだなら時の魔術師になるだらうキルギス
の野の蟻の女王

わたくしの体ほにやほにやぺつたんこ　しば
らく旅はダメと主治医が

コトバなくしてこの白頭がまたねむる緩行列
車のシェードのまへに

きみは見よタクラマカンの駱駝の背　夢に傷
つく葡萄のいのち

時鳶《を》はるざわめきにひとは揺れながらちかづいてゆく　夢の電車で

峰不二子

バスで読む『1984』おほいなる遠心力が
脊椎に来る

なぜこんなヘアピンカーブがここにある　曲がり切つたら夕闇の街

ただ息をしてゐるわたし峰不二子とアンナ・カレーニナの区別もつかぬ

アキレスがいつまでたつても追ひつけぬカメの花子がわたしを濡らす

胃カメラを消化管からひきあげる　ああそしてなんの結論もない

われが鳴き猫がほほゑむ二十四時　ＬＥＤの
ひかりのなかに

小高賢さん

約束のないおわかれが立つてゐるはくれんの
かたいつぼみの中で

砂子屋書房 刊行書籍一覧（歌集・歌書）

平成28年11月現在

＊御入用の書籍がございましたら、直接弊社あてにお申し込みください。
代金後払い、送料当社負担にて発送いたします。

	著者名	書名	本体
1	阿木津　英	『**阿木津　英 歌集**』現代短歌文庫5	1,500
2	阿木津　英 歌集	『**黄　鳥**』	3,000
3	秋山佐和子	『**秋山佐和子歌集**』現代短歌文庫49	1,500
4	秋山佐和子歌集	『**星　辰**』	3,000
5	雨宮雅子	『**雨宮雅子歌集**』現代短歌文庫12	1,600
6	有沢　螢 歌集	『**ありすの杜へ**』	3,000
7	有沢　螢	『**有沢　螢 歌集**』現代短歌文庫123	1,800
8	池田はるみ	『**池田はるみ歌集**』現代短歌文庫115	1,800
9	池本一郎	『**池本一郎歌集**』現代短歌文庫83	1,800
10	池本一郎歌集	『**萱鳴り**』	3,000
11	石田比呂志	『**続 石田比呂志歌集**』現代短歌文庫71	2,000
12	石田比呂志歌集	『**邯鄲線**』	3,000
13	伊藤一彦	『**伊藤一彦歌集**』現代短歌文庫6	1,500
14	伊藤一彦	『**続 伊藤一彦歌集**』現代短歌文庫36	2,000
15	伊藤一彦歌集	『**土と人と星**』＊毎日芸術賞・現代短歌大賞・日本一行詩大賞	3,000
16	今井恵子	『**今井恵子歌集**』現代短歌文庫67	1,800

	著者名	書名	本体
131	日高堯子	『**日高堯子歌集**』現代短歌文庫33	1,500
132	日高堯子歌集	『**振りむく人**』	3,000
133	福島泰樹歌集	『**焼跡ノ歌**』	3,000
134	福島泰樹歌集	『**空襲ノ歌**』	3,000
135	藤井常世	『**藤井常世歌集**』現代短歌文庫112	1,800
136	藤原龍一郎	『**藤原龍一郎歌集**』現代短歌文庫27	1,500
137	藤原龍一郎	『**続 藤原龍一郎歌集**』現代短歌文庫104	1,700
138	古谷智子	『**古谷智子歌集**』現代短歌文庫73	1,800
139	古谷智子歌集	『**立　夏**』	3,000
140	前　登志夫歌集	『**流　轉**』＊現代短歌大賞	3,000
141	前川佐重郎	『**前川佐重郎歌集**』現代短歌文庫129	1,800
142	前川佐美雄	『**前川佐美雄全集**』全三巻	各12,000
143	前田康子歌集	『**黄あやめの頃**』	3,000
144	蒔田さくら子歌集	『**標のゆりの樹**』＊現代短歌大賞	2,800
	松平修文	『**松平修文歌集**』現代短歌文庫95	1,600
	松平盟子	『**松平盟子歌集**』現代短歌文庫47	2,000
	松平盟子歌集	『**天の砂**』	3,000
	水原紫苑歌集	『**光儀（すがた）**』	3,000
	道浦母都子	『**道浦母都子歌集**』現代短歌文庫24	1,500
	道浦母都子歌集	『**はやぶさ**』	3,000
	三井　修	『**三井　修 歌集**』現代短歌文庫42	1,700

	著者名	書名	本体
41	春日いづみ	**『春日いづみ歌集』** 現代短歌文庫118	1,500
42	春日真木子	**『春日真木子歌集』** 現代短歌文庫23	1,500
43	春日井　建 歌集	**『井　泉』**	3,000
44	春日井　建	**『春日井　建 歌集』** 現代短歌文庫55	1,600
45	加藤治郎	**『加藤治郎歌集』** 現代短歌文庫52	1,600
46	加藤治郎歌集	**『しんきろう』**	3,000
47	雁部貞夫	**『雁部貞夫歌集』** 現代短歌文庫108	2,000
48	雁部貞夫歌集	**『山雨海風』**	3,000
49	河野裕子	**『河野裕子歌集』** 現代短歌文庫10	1,700
50	河野裕子	**『続 河野裕子歌集』** 現代短歌文庫70	1,700
51	河野裕子	**『続々 河野裕子歌集』** 現代短歌文庫113	1,500
52	菊池　裕 歌集	**『ユリイカ』**	2,500
53	来嶋靖生	**『来嶋靖生歌集』** 現代短歌文庫41	1,800
54	紀野　恵 歌集	**『午後の音楽』**	3,000
55	木村雅子	**『木村雅子歌集』** 現代短歌文庫111	1,800
56	久我田鶴子	**『久我田鶴子歌集』** 現代短歌文庫64	1,500
57	久我田鶴子歌集	**『菜種梅雨』**	3,000
58	久々湊盈子歌集	**『あらばしり』** ＊河野愛子賞	3,000
59	久々湊盈子	**『久々湊盈子歌集』** 現代短歌文庫26	1,500
60	久々湊盈子	**『続 久々湊盈子歌集』** 現代短歌文庫87	1,700
61	久々湊盈子歌集	**『風羅集』**	3,000

	著者名	書名	本体
86	坂井修一	**『坂井修一歌集』** 現代短歌文庫59	
87	桜川冴子	**『桜川冴子歌集』** 現代短歌文庫125	
88	佐佐木幸綱	**『佐佐木幸綱歌集』** 現代短歌文庫100	
89	佐佐木幸綱歌集	**『ほろほろとろとろ』**	
90	佐竹弥生	**『佐竹弥生歌集』** 現代短歌文庫21	
91	佐藤通雅歌集	**『強　霜（こはじも）』** ＊詩歌文学館賞	
92	佐波洋子	**『佐波洋子歌集』** 現代短歌文庫85	
93	志垣澄幸	**『志垣澄幸歌集』** 現代短歌文庫72	
94	篠　弘	**『篠　弘 全歌集』** ＊毎日芸術賞	
95	篠　弘 歌集	**『日日炎炎』**	
96	柴田典昭	**『柴田典昭歌集』** 現代短歌文庫126	
97	島田修三	**『島田修三歌集』** 現代短歌文庫30	
98	島田修三歌集	**『帰去来の声』**	
99	島田幸典歌集	**『駅　程』** ＊寺山修司短歌賞・日本歌人クラブ賞	
100	角倉羊子	**『角倉羊子歌集』** 現代短歌文庫128	
101	田井安曇	**『田井安曇歌集』** 現代短歌文庫43	
102	高野公彦	**『高野公彦歌集』** 現代短歌文庫3	
103	高野公彦歌集	**『河骨川』** ＊毎日芸術賞	
104	田中　槐 歌集	**『サンボリ酢ム』**	
105	玉井清弘	**『玉井清弘歌集』** 現代短歌文庫19	
106	築地正子	**『築地正子全歌集』**	

146
147
148
149
150
151

154	森岡貞香	『**森岡貞香歌集**』現代短歌文庫124	2,000
155	森岡貞香	『続 **森岡貞香歌集**』現代短歌文庫127	2,000
156	森山晴美	『**森山晴美歌集**』現代短歌文庫44	1,600
157	柳　宣宏歌集	『**施無畏**（せむい）』＊芸術選奨文部科学大臣賞	3,000
158	山下　泉 歌集	『**海の額と夜の頬**』	2,800
159	山田富士郎	『**山田富士郎歌集**』現代短歌文庫57	1,600
160	山中智恵子	『**山中智恵子歌集**』現代短歌文庫25	1,500
161	山中智恵子	『**山中智恵子全歌集**』上下巻	各12,000
162	山中智恵子 著	『**椿の岸から**』	3,000
163	田村雅之編	『**山中智恵子論集成**』	5,500
164	山埜井喜美枝	『**山埜井喜美枝歌集**』現代短歌文庫63	1,500
165	山本かね子	『**山本かね子歌集**』現代短歌文庫46	1,800
166	吉川宏志歌集	『**海　雨**』＊寺山修司短歌賞・山本健吉賞	3,000
167	吉川宏志歌集	『**燕　麦**』＊前川佐美雄賞	3,000
168	米川千嘉子	『**米川千嘉子歌集**』現代短歌文庫91	1,500
169	米川千嘉子	『続 **米川千嘉子歌集**』現代短歌文庫92	1,800

＊価格は税抜表示です。別途消費税がかかります。

砂子屋書房
〒101-0047 東京都千代田区内神田3-4-7
電話 03(3256)4708 FAX 03(3256)4707 振替 00130-2-97631
http://www.sunagoya.com

19	魚村晋太郎歌集	『**花　柄**』	
20	江戸　雪 歌集	『**駒　鳥**（ロビン）』	
21	王　紅花	『**王　紅花歌集**』現代短歌文庫117	
22	大下一真歌集	『**月　食**』＊若山牧水賞	
23	大辻隆弘	『**大辻隆弘歌集**』現代短歌文庫48	
24	大辻隆弘歌集	『**汀暮抄**』	
25	岡井　隆	『**岡井　隆 歌集**』現代短歌文庫18	
26	岡井　隆 歌集	『**馴鹿時代今か来向かふ**』（普及版）＊読売文学賞	
27	岡井　隆 歌集	『**銀色の馬の鬣**』	
28	岡井　隆 著	『**新輯 けさのことば Ⅰ・Ⅱ・Ⅲ・Ⅳ・Ⅵ・Ⅶ**』	各
29	岡井　隆 著	『**新輯 けさのことば Ⅴ**』	2,
30	岡井　隆 著	『**今から読む斎藤茂吉**』	2,
31	沖　ななも	『**沖ななも歌集**』現代短歌文庫34	1,50
32	奥村晃作	『**奥村晃作歌集**』現代短歌文庫54	1,600
33	小黒世茂	『**小黒世茂歌集**』現代短歌文庫106	1,600
34	尾崎左永子	『**尾崎左永子歌集**』現代短歌文庫60	1,600
35	尾崎左永子	『続 **尾崎左永子歌集**』現代短歌文庫61	2,000
36	尾崎左永子歌集	『**椿くれなゐ**』	3,000
37	尾崎まゆみ歌集	『**奇麗な指**』	2,500
38	笠原芳光 著	『**増補改訂 塚本邦雄論 逆信仰の歌**』	2,500
39	柏原千惠子歌集	『**彼　方**』	3,000
40	梶原さい子歌集	『**リアス／椿**』＊葛原妙子賞	2,300

		『栗木京子歌集』現代短歌文庫38	1,800
		『桑原正紀歌集』現代短歌文庫93	1,700
		『小池　光 歌集』現代短歌文庫7	1,500
		『続 小池　光 歌集』現代短歌文庫35	2,000
		『続々 小池　光 歌集』現代短歌文庫65	2,000
		『…エンツ』＊葛原妙子賞	2,500
		『…』	2,800
		『…かり歌集』現代短歌文庫110	1,600
		『…歌集』現代短歌文庫20	1,456
		『…坂』＊寺山修司短歌賞	3,000
		『…英之歌集』現代短歌文庫56	2,500
		『…小中英之全歌集』	10,000
		『場所の記憶』＊葛原妙子賞	3,000
		『小林幸子歌集』現代短歌文庫84	1,800
		『小見山　輝 歌集』現代短歌文庫120	1,500
		『今野寿美歌集』現代短歌文庫40	1,700
	…寿美歌集	『龍　笛』＊葛原妙子賞	2,800
	…今野寿美歌集	『さくらのゆゑ』	3,000
…2	三枝昻之	『三枝昻之歌集』現代短歌文庫4	1,500
83	三枝昻之ほか著	『昭和短歌の再検討』	3,800
84	三枝浩樹	『続 三枝浩樹歌集』現代短歌文庫86	1,800
85	佐伯裕子	『佐伯裕子歌集』現代短歌文庫29	1,500

109	百々登美子歌集	『夏の辻』＊葛原妙子賞	3,000
110	外塚　喬	『外塚　喬 歌集』現代短歌文庫39	1,500
111	中川佐和子	『中川佐和子歌集』現代短歌文庫80	1,800
112	長澤ちづ	『長澤ちづ歌集』現代短歌文庫82	1,700
113	永田和宏	『永田和宏歌集』現代短歌文庫9	1,600
114	永田和宏	『続 永田和宏歌集』現代短歌文庫58	2,000
115	永田和宏ほか著	『斎藤茂吉—その迷宮に遊ぶ』	3,800
116	永田和宏歌集	『饗　庭』＊読売文学賞・若山牧水賞	3,000
117	永田和宏歌集	『日　和』＊山本健吉賞	3,000
118	中津昌子歌集	『むかれなかった林檎のために』	3,000
119	なみの亜子歌集	『バード・バード』＊葛原妙子賞	2,800
120	西勝洋一	『西勝洋一歌集』現代短歌文庫50	1,500
121	西村美佐子	『西村美佐子歌集』現代短歌文庫101	1,700
122	二宮冬鳥	『二宮冬鳥全歌集』	12,000
123	花山多佳子	『花山多佳子歌集』現代短歌文庫28	1,500
124	花山多佳子	『続 花山多佳子歌集』現代短歌文庫62	1,500
125	花山多佳子歌集	『木香薔薇』＊斎藤茂吉短歌文学賞	3,000
126	花山多佳子歌集	『胡瓜草』＊小野市詩歌文学賞	3,000
127	花山多佳子 著	『森岡貞香の秀歌』	2,000
128	馬場あき子歌集	『太鼓の空間』	3,000
129	馬場あき子歌集	『渾沌の鬱』	3,000
130	浜名理香歌集	『流　流』＊熊日文学賞	2,800

雪が降るここは日本の宝仙寺夜のうたびとつどひふくらむ

ワープしてあなたはどこへ行つたのだ警策のやうなこゑもつあなた

産・官・学いちばん嫌ひなものはどれ？〈賢〉
なるきみは「学」といひけり

回転のはやい独楽なるひとひとりおそい独楽
われを打ちて去りたり

今村仁司『批判への意志』にかよひつつ汗まみれなり『批評への意志』

郡奉行牧文四郎の愛ひとつきみは語りき照れわらひして

古酒

「南海之帝為儵，北海之帝為忽」（『荘子』）

みづどりの浮き世の岸に夜は明けてけふこそ
来むといふ儵《しゆく》と忽《こつ》

ぴかぴかの便器のふたをもちあげる五十五度目の春はさびしい

酒飲みで野球サークルキャプテンで生きかた上手　誰の子おまへ

大学を出てゆく息子　古酒《クースー》で送るは大学出ら
れぬわたし

てのひらでぬぐへば鏡またうつす老学徒など
とわらふひとりを

老荘に遁走するは得意技　眠つたふりの亀が
いつぴき

おもてうらこの世にさらしはくれんが揺れて
はがれてもうさやうなら

子が発《た》つてもういつ死んでもいいわたし　こ
やつが倏かあやつが忽か

折口の文庫全集第五巻ポッケに重い大会議室

この席もけふ三回目　あくびしてなみだなが
して深呼吸する

思ひだし笑ふもさぶし「学部長寝るな」と怒
る島田修三

暮れゆかむわれの命のほのあかり　しろくふ
くらむさくらのつぼみ

パブロフの犬の涎のごときもの満ちつつ春の
溝が続けり

大学教授にも早期退職制度がある

ひさかたの光るメールに添へられて「退職届」ひとつ降《ふ》りきぬ

追銭を投げてぶつけてひと送るわれにはつづくシーシュポスの坂

三厘の増税・四厘予算減　しづめかねつもエクセルの紅《こう》

未決箱ふりたまりゆく塵はみゆ「恥づかしくないか」誰にささやく

うつむいてひとのこゑきく教授会　顔の輪郭
きしませながら

あと十年大学にゐてなにをせむ？　李太郎問
ふ『百花譜』の奥

杢太郎『百花譜』の目にくらぶれば穏しかり
しか鷗外のニヒル

（ワタクシノめーるノ文字ニクラブレバスコ
ヤカナリキ杢太郎ノ花）

詩をやめし杢太郎よしとおもへども歌詠みくるふ真夜中のわれ

わたくしの全細胞がはじけとぶＭＲＩの空洞のなか

まつぱだか私はさくら恥づかしい四月のはだか花咲くはだか

百ワット裸電球日本から消えたがそんなセンセイがゐる

竹の葉が黄色く枯れて落ちてゆく　結論はま
だと嘘いひながら

「サンパウロ。防弾車にて出社中」教へ子が
ひとつツイートしたり

いつの四月かサンバの国へ子もゆかむ味付け海苔をそと嚙みながら

まぎれなくきみたちみんなジャパニーズ〈につぽんで死ぬ権利〉無くても

子の机隅に座禅のだるまさんコケて笑つて春
ゐなくなる

オバマ二世

さやさやと一年生よ　さやさやの中身けつし
て聞こえぬやうに

初講義似顔絵コンテスト進むらんプリント裏のシャーペンの音

変顔は教壇に声はりあげるわたし　白髪と垂れ目のわたし

問はるればああはづかしい大道寺信輔たりし
十九のわれよ

こころはづむことなき君らにやにやと鉄腕ア
トム語るわれ見る

五十回春来て禿げたきみたちは見るだらうヒトを超ゆるＡＩ

核ボタンおもむろに押す夏が来んオバマ二世といふＡＩに

楚歌

ひとすぢのなみだ垂りくも雛と虞とこころに
もちてドアを閉づれば

敗将の恐れをしらぬ顔となりほほゑみてをり
ひとりのわれは

楚歌を聞く項羽のこころ　がりがりと氷くだ
けて海ゆくこころ

雛よわがこころの空を駈けよかし虞よ虞よ千
年ワープして去れ

いつのまの賊軍われれは靴破れ雛罌粟の咲く谷
渡りゆく

雛罌粟の花散るはみな飛びゆかむさびしいと
きは歌をうたひて

真赤なる雛罌粟の花　まだ負けてないかと問
へばそつと首振る

ちょんぎれて首ひとつ飛ぶ夏は来む。ほろほ
ろとわれは喜劇の王か

カレー

もののおもふスプーンがこんと音たててカレーの底の皿に触れたり

半熟の卵の黄身のしたたるはカレーの海に落つる涙か

わが学を容るる時世《ときよ》はあらざらむ人参馬鈴薯ぽかんと並ぶ

ああここに真理あるとも人知らず高木兼寛海軍カレー

兼寛と鷗外はながくあらそひきT先生とわれのごとくに

「学問は命やしなふ」ひとことを添へて終へしに聞くひとはなし

咳しては触るる水差しわが指の熱を受けつつ曇りやまずも

サンドウィッチ

えやはいふ泣いてみたしと　その肩に三日月のゐるセブンイレブン

わが取りしミックスサンドの跡にして銀のパイプの二本かがやく

真夜中にかへりきたりてかさこそと亀に餌、われにサンドウィッチ

ほのかなるチーズの香しておづおづとフィルム出でたりサンドウィッチ

歯にあたるレタス、ベーコン、ハム、トマトうつせみはうすいうすい音すも

ふくろふを聞きて眠りし昭和なりわが死を恋へばまた聞こえきぬ

ふくろふもカラスも阿呆と鳴くなれどふくろふの阿呆まろきこゑなり

朝夕

かみそりの光のなかに桃がゐる　ひとたび見たり二度と見ざりき

おのづから口ほころびて山鳩よいつよりここ
ろうたひきたるや

山鳩の鳴き声とほく絶ゆるとき死者なる友の
ふるへるこゑす

わが車まよひ入りこしゆきどまり品川埠頭は
コンテナの壁

あの船で出でてゆきたしこの国を幕末の志士
のこころならねど

われはもう歌のことばに生きられぬ湾の底なる穴子よ、穴子

「ラジオ体操第二」ひびけり恥のみに過ぎむ世にこそ息つよからめ

蛸

つつぷして眠りこみたる十五秒　海底見えて
蛸が這ひくも

豹紋蛸しづかに寄りてわが額《ぬか》にさやらむと伸ばす三本の足

ひと咬んで毒注《さ》すといふ蛸ひとつ青くひかるをわれ払ふなし

豹紋蛸〈きもい〉かそれとも〈きもかは〉か
決めかねてわれはほほゑんでをり

蛸は這ひわれは畏るるこの蛸と経済世界にあ
そぶ友らを

名も財もてばあしたは刺されむやかくぞ悩める友をこそ嗤へ

名も財ももたねどことばもつひとを咬むといふ蛸もう世にあらず

流刑

佐渡へゆくジェットフォイールきらきらと時
をゆらして月光が来る

月はうすきいちまいの丸　亡命の船の窓から
ツヴァイクも見し

波の穂にちさき水玉とぶは見ゆ　貴《あて》なりや遠
くほころぶこころ

名も財もひとはみづから捨てられぬ　海より
きたる飛沫がにほふ

飛魚は知るや知らずやつばさもつ恍惚はふか
くこころを壊す

波あまた佐渡の崖下に散りゆけりひとの時代
もそのまへの世も

刀杖《たうぢやう》は転ばせむため殺すため　この長官は額《ぬか》
ひからせて

海の匂ひひとの匂ひとかさなりていよいよ濃きぞあはれゆふなぎ

為兼にこころが添ひてゆく不思議　枇杷の木よわれはいつ死ぬのだらう

わが書きしもろもろ捨てて人の世はうつろひ
ゆかむロボットの世へ

ロボットもことばをもたば苦しまむ虹の下ゆ
く鉄腕アトム

ひとの世に迷ふこころの杖としてことばあれかし埠頭の月よ

こゑくらき蟇《ひき》の寝言に堕ちてゆく若きらよわれはなみだして読む

哀楽にとがるこころはざわざわとこの流刑地
に子を成しし王

牛尾神社（三首）

いにしへのデニソワびとも見まもりし炎たつ
なり薪のうへに

橋掛り見るたびおもふ　情濃きことばをも
つは浮き世を去れぬ

ひとはみな〈定家葛〉のふかみどり妄執は去
らず枯れてゆくのみ

宿根木にねむりは来たり田のみどり港のあをも闇にかへりて

ゾラ

あふむけにたふされてゐるわがからだネット
のこゑは刻々に刺す

砂のうへ顔踏みつけにされながらエミール・
ゾラの眼鏡おもへり

ドレフュスを救ひておのれ滅びゆくゾラをお
もへば酔へぬ酒かも

カベルネは半時かけて開きたり　開くといふは死のごと甘し

いちじくはうすくれなゐにかがよへどわが食ふ刹那ぴぴとつめたし

大根おろし

古鞄ポッケの底の夏扇手になれぬ間に神無月なり

見ひらきて皿にねそべる魚一尾解体を待つさむくしづけく

ゆつくりと銀の皮膜を剝ぎながら箸は真黒にひかりいづるも

タンパクは熱に硬化す熱ひけどタンパク軟化
することはなし

尿《いばり》するアンゲロプロスよ永遠とひとしき須臾
が音たつるなり

富士となりそびゆとみれば崩れゆくひとりあそびの大根おろし

石

桜良し清水公園紅葉良し公園墓地よわれらは
つどふ

石のうへちよんと鴉が立つてゐる木枯らし一号坂井家の墓

石よまだだれもをらねどやがて住む父、母、妻、子　ほほゑみかはす

墓となるかぐろき石よその石のねむり断たれしインドをおもふ

火の下ではたらいてはたらいてまだ死ねぬパートタリプトラの石工かわれは

ゆふかぜに立ちまよふこと常なれどさよなら
をいふその日は見えず

夢のなかしろき童女のささやくは「かーごめ
かごめ」われは出られぬ

日曜

子は去りて妻は旅ゆく日曜のかなしくもある
か歌よむ猿は

耳よ聞け地球の回転する音を昼寝するとき呪
文をとなふ

目覚ましのりんりんりん聞こゆああもつと昼寝し
たいが仕事がたまる

書斎などをこがましきをわれももちパソコン
灯せば目はなみだせり

窓ふたつ歌と仕事ときりかへてまたきりかへ
てどつちも不可だ

元岡先生歌をやめよと言はざりきメガネの玉
のなかのわらふ目

落第点ことしもつけた二十人われにもつけよ
学芸の神

「ああいへばかういふで賞」をやりたかりメールで反論する准教授

追分

朝まだきすずろごころにさまよへばかもめ鳴
き飛ぶ不忍池

葉の中に隠すやうなる花つけてこの柊もたのしむならむ

木枯らしが柊の枝打つは見よはるばると寒気来ていきほはむ

地に落ちてわらふ椿よこころもてまぼろしを
見るときは過ぎたり

改札はぴつと音してひと送るゆつくり歩きを
ゆるさぬ街へ

くちびるの荒るるビル街老いびとがひとの聞
かざることばつぶやく

うたをなす息とうたをなさぬ息やうやくに知
るここが追分

鉄砲坂こころも下る夕暮にとけてぶらぶらこの靴紐は

口早にひとを評するそのひとは老いた狸の目をしてわらふ

白頭を掻けば禿げたる友とわれ歩いてゆくよ
根津から湯島

雲形定規

わきやまぬ泣かまほしさに飯食へば挽き納豆のほそきかをりす

鉛筆を雲形定規のふちにあてゆつくりと引く
冬の鬣《たてがみ》

赤椿白椿まぶしすぎるなりわが命どこか欠け
つつあらむ

うつむいてわが歩みけむ銀杏の葉襟のすきま
に入りてこそこそ

飛んで飛んで落ちて汚れて消ゆる夢さはれさ
はさは黄金《きん》の音すも

たましひが旅に出たいとわれに言ふここで死
ぬのはいやだと叫ぶ

どこまでもあかるいうつつ月光を素顔に受け
て時計がわらふ

やよ夢よひとよ学者で過ぎゆけよ念ずれどめぐり土埃なり

ピノをとめわれをいざなひカベルネ姫われを拒みき初雪の街

舞ひやめぬ千の銀杏の葉のごとく夜にほどか
れて踊らむかわれ

どつぷりとくろき煮汁のごときもの流れ出で
たり夜のわれから

シャワーの湯スポンジにあて泡たてて冬のひかりを泡にあそばす

リチャードの弟ジョンのまなざしは曇りぬぐひし鏡のなかに

わたくしはムーラン・ルージュのかざぐるま
朝の娼婦の破れた帽子

そのひと

水や春ヨハネの洗ふそのひとが「見よ」と立つなりヨルダンの岸

乳と蜜ながるるカナンそを恋ひてひた飢うる
なり春のわたくし

Quo Vadis　その声いくど聞きたるや　われはそ
のひとの弟子にあらねど

ソロモンがダビデにつづくなまぐささ嗅ぐと
きひとはひとを知るなり

そのひとはひばり鳴く空みづうみの岸にちか
づき消ゆるしらなみ

そのひとはこころ決めしや鳴りをへてゆふべ
の空にしづむ釣鐘

朝呑みのウーゾにわたしぐらぐらとぐらぐら
と蛇の鎌首となる

あれは、今から二十五年前の五月のこと

オリーヴ山わが額《ぬか》割りてこぼれしはかの日そのひとを撃ちたるこころ

百キロに飛ばせばひかる旧市街　ひかりはいまもひとを虐ぐ

ジェリコ見しヘブロン見しとふりかへる「見し」はなにほども実り持たねど

肉のなかたましひは冷ゆ　そのひとを知らぬといひし未明のペテロ

とらはれて殺されて彼はよみがへるパンのみに生くるひとらのなかに

いつしらにこころは痩せてカモミール香りまみれぞ眠りにゆかむ

ひとひとの隙間にかくれ生きのびむ願へど
も願へどもわれにはできぬ

こぼるるは知恵か悪夢か　わたくしを出でて
あそべり夜のアニマが

帰りなむされどふるさとなき春よ死臭するなりわが立つ土は

農学部からのプレゼントが届く

おそれつつわれはよろこぶ　シャロンにもなき青い薔薇ここにほほゑむ

組み入れし青の遺伝子ゆつくりとうづまきながらあらはれいづる

訪問者みな青薔薇に息をのむたのしいこはいこの沈黙は

科学また世界壊すとひとはいふ　青薔薇よき
みはいかにおもふか

線引きにとまどふこころおろおろと彼《か》は善玉
か悪の権化か

いついかにサイバー戦争はじまりし　まひる
ひとりで地球儀まはす

それはたぶん二〇〇七年エストニア　耶蘇教
信者はいまもたたかふ

臆病なわたしもいつか晒されむネットのなか
の青き十字に

またひとりあぶない奴が壇にのぼりほほゑみ
の矢を飛ばしやまない

しだれくるさくらさくらよ　苦と欲のあはひ
に彼もぶらさげられて

階下よりビッチェズ・ブリューながれきてベ
ッドのわれはクロールをする

とがるなよ霧に紛らし雨に流せ　さう言ひし
友も虹となりたり

キーボードSの下なるホコリ玉わが名「坂井」
を「赤い」にかふる

親指の爪のすきまのささくれのあまき痛みよ
辛きはこころ

憂鬱なわたしは森で死ぬだらう　くわくこう
くわくこうつぶやき歩く

御徒町トイレの鏡　酔ひふかきわれは似てゐる中尾彬に

あとがき

『青眼白眼』は、私の第十歌集。二〇一三年一月から二〇一五年四月まで、二年余りの間に新聞・雑誌に発表した短歌の中から三九〇首を選び、ほぼ編年体で配列した。これまで通り、歌の表記は歴史的仮名遣いとし、詞書やこの「あとがき」（など散文的なもの）は現代仮名遣いとしている。歌集題は、集中の一首「竹の子よかの阮籍のいまあらば青眼白眼我はいづれぞ」からとった。竹林の賢者阮籍は、眼鏡にかなう客には青眼、俗物には白眼で対したという。あたふたと過ぎてゆく喧噪の日々、どこかで〈阮籍の目〉が私を見ている。そんな気分に襲われることが幾度かあった。

歌集は、現代の北京に始まり、古代エルサレムで終わる。人でいえば、毛沢東からイエス・キリストまで。意図してそうしたわけではないが、歌集を編んでいるうちにこの偶然に気づき、なんだか暗示的なものも含まれているような気持ちになった。歌を作っていたのは五十代半ばのころで、前歌集『亀のピカソ──短歌日記2013』と重なる。表裏でいえば、『青眼白眼』が表の歌集であり、『亀のピカソ』が裏である。今見れば、『亀のピカソ』が陽性の本なのに対して、『青眼白眼』は陰陽混交であり、少し陰に片寄っているようだ。

この時期、大学の部局長を拝命し、きりきりとした苦しい時間を過ごした。もともと世事に疎いタコツボ人間なので、たくさんの人の利害を調整する管理職の仕事はほんとうにこたえた。二〇一三年五月には、ストレスが重なって痛風になり、ひと月ほど杖をついて通勤した。また、この年の暮れには体の不調で、生まれてはじめて入院・手術を経験した。幸い手術はうまくいって経過もよく、一週間の入院生活は思ったほど悪くはなかった。検査の合間など、仕事や歌の本のほかに、病院の応接室にあった『のだめカンタービレ』を借りて読むなどした。

ヘルマン・ヘッセに「私は自分の中からひとりで出てこようとしたところのものを生きてみようと欲したにすぎない。なぜそれがそんなに困難だったのか」(『デミアン』高橋健二訳)という言葉がある。この苦悩は文芸に関わるすべての人のものだし、自分に心のままの生き方が許されるとも思わないが、日々のわずかな時間であっても、もうすこし自分の本性を見つめ、そこから立ち上がる言葉を生きてみたいと願う。

二〇一七年一月一日

坂井修一

歌集　青眼白眼

二〇一七年三月一日初版発行

著　者　坂井修一

発行者　田村雅之

発行所　砂子屋書房
東京都千代田区内神田三―四―七（〒一〇一―〇〇四七）
電話　〇三―三二五六―四七〇八　振替　〇〇一三〇―二―九七六三一
URL　http://www.sunagoya.com

組　版　はあどわあく

印　刷　長野印刷商工株式会社

製　本　渋谷文泉閣